Pour Duncan et Ross

Texte traduit de l'anglais par Élisabeth Duval

Titre de l'ouvrage original : MELRIC THE MAGICIAN WHO LOST HIS MAGIC
Éditeur original : Andersen Press, Londres
Copyright © 2012 by David McKee
Tous droits réservés
Pour la traduction française : © Kaléidoscope 2012
11, rue de Sèvres, 75006 Paris
Loi n° 49.956 du 16 juillet 1949 sur les publications
destinées à la jeunesse : septembre 2012
Dépôt légal : fevrier 2013
ISBN 978-2-877-67744-8
Imprimé en Malaisie

Diffusion l'école des loisirs

www.editions-kaleidoscope.com

Melric

LE MAGICIEN QUI AVAIT PERDU SES POUVOIRS

David McKee

kaléidoscope

Melric était le magicien du roi. Chaque jour, il exécutait les ordres du roi.
Si le roi voulait nager, Melric faisait briller le soleil. Et si le roi avait
trop chaud, Melric envoyait le soleil se coucher. Quand il ne travaillait pas
pour le roi, Melric offrait ses services, entièrement magiques, à tous ceux
qui le demandaient. Melric était toujours en train de faire quelque chose,
mais il était bien le seul.

Un jour, Melric se réveilla un peu tard. Il marmonna les habituelles
formules magiques qui chaque matin le lavaient, l'habillaient et faisaient
son lit. Mais il ne se passa rien. Alors il les répéta un peu plus fort.
Mais il ne se passa rien. Alors il hurla les formules. Mais il ne se passa
rien de plus. En toute hâte – parce que le roi ne supportait pas qu'on le fît
attendre, Melric s'habilla tout seul et il mit un beau bazar. Il regarda
son lit défait puis quitta sa chambre sans y toucher.

Le retard de Melric mit le roi en colère. "Dépêche-toi, Melric, je veux que cette pièce soit repeinte, ordonna-t-il. Ensuite, tu t'occuperas de tous ces gens dehors qui ont des choses à te faire faire."

Melric essaya et essaya et essaya encore la formule pour peindre les murs mais il ne se passa rien. Et petit à petit tout le monde comprit la nature du problème. MELRIC AVAIT PERDU SES POUVOIRS.

"Qu'allons-nous faire ? demanda le roi. Nos ennemis nous attaqueront lorsqu'ils apprendront qu'ils n'ont plus à redouter nos pouvoirs."

"Peut-être que ma sœur, Mertel la sorcière, saura nous tirer d'affaire, suggéra Melric. Je vais la voir immédiatement."

Au fur et à mesure qu'ils s'apercevaient que Melric ne pouvait plus les aider, les gens essayaient de se débrouiller tout seuls, ce qu'ils ne faisaient plus depuis fort longtemps. Et ils rencontraient les plus grandes difficultés, même avec les choses les plus simples. Le pauvre Melric avait le cœur lourd car il ne leur était plus d'aucun secours.

D'habitude, quand Melric partait en voyage, il se déplaçait par magie.
Cette fois, il dut marcher. Chemin faisant, il croisa des gens en train
d'essayer de faire des choses qu'ils n'avaient plus faites depuis des années.
Melric pressa le pas, il espérait que sa sœur résoudrait son problème
afin qu'à son tour il puisse leur venir en aide.

Mertel habitait dans une forêt sous un vieil arbre.

Lorsque Melric y arriva enfin, il était épuisé.

Mertel écouta son histoire. Elle essaya quelques formules magiques, mais sans succès. Elle lui prépara un breuvage au goût horrible, et malgré cela, Melric ne retrouva pas ses pouvoirs.

Finalement, elle lui dit : "Je ne peux rien pour toi.
Va voir cousin Guz, le sorcier. Tu peux emprunter l'un
de mes manches à balai pour te rendre sur son île." Melric salua
Mertel et s'envola, content de ne pas avoir à marcher.

Melric aimait bien rendre visite à Guz. Guz avait d'étranges animaux de compagnie, et il changeait souvent la forme ou la taille de son île, juste pour le plaisir. Guz était content de voir Melric, mais après avoir entendu son triste récit, il comprit que l'heure n'était pas à la plaisanterie.

Guz était un sorcier de premier ordre et il sortit aussitôt ses formules magiques les plus puissantes. Malgré de merveilleux Boum Badaboum, et une profusion d'éclairs, Melric ne retrouva pas le moindre pouvoir.

"Il ne reste plus qu'une solution, soupira Guz, aller consulter le mage Kra.
Il peut tout faire. Je vais t'envoyer au pied de sa montagne par magie,
mais tu devras la gravir tout seul. Les pouvoirs de Kra le protègent
de toute visite fortuite." Guz saupoudra Melric de poudre magique,
et en un éclair, ce dernier quitta l'île.

Melric atterrit effectivement au pied de la montagne. Il souffla et haleta à grimper jusqu'au sommet. Il savait que Kra l'observait mais qu'il ne remuerait pas le petit doigt pour l'aider.

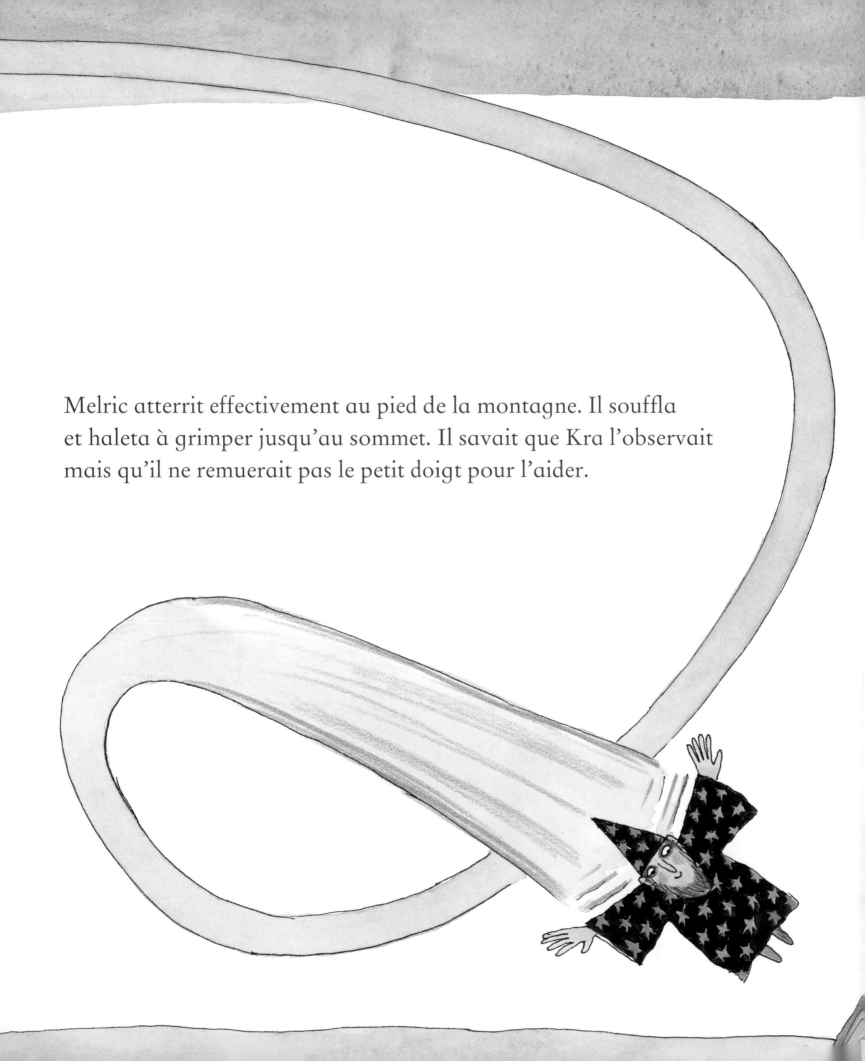

Quand Melric arriva enfin au sommet de la montagne,
il raconta son histoire à Kra.

"Tu es bête, dit le vieil homme. Tu as gaspillé tes pouvoirs
au lieu d'aider les gens."

"Quoi ! rétorqua Melric en se retenant de crier. J'ai toujours
aidé les gens. J'ai tout fait pour eux."

"C'est justement le problème, dit Kra. Tu leur as appris
à se reposer sur toi, et quand tu n'es pas là, ils sont incapables
de se débrouiller tout seuls. Tu ne leur rends pas service."

Melric était sans voix. Alors le mage Kra lui dit :

"Je vais te rendre tes pouvoirs, mais si tu les gaspilles
une fois encore, ils seront peut-être perdus à jamais."

Melric sentit des picotements
dans ses pieds et dans ses mains
et il comprit qu'il avait retrouvé
ses pouvoirs.
"Merci, monsieur, dit-il.
Je dois m'envoler maintenant."
Il prit la forme d'un oiseau
et se dirigea vers sa maison.
Il survola Guz puis Mertel.
Tous deux le reconnurent malgré
son apparence et ils le saluèrent.
Ils étaient contents de voir
qu'il avait retrouvé ses pouvoirs.

Quand Melric arriva au château, il constata que les ennemis du roi avaient
lancé une violente attaque. Dès qu'ils avaient appris que le magicien avait
perdu ses pouvoirs, ils avaient décidé de s'emparer du château.

C'est le moment d'utiliser mes pouvoirs, se dit Melric.

Le grand oiseau se posa sur une tourelle et reprit sa forme de magicien.
Il tendit les mains et l'air s'emplit d'une lumière verte.

En quelques secondes, tous les soldats ennemis furent transformés
en chats noirs.

"Baissez le pont-levis, cria Melric. Nos chiens les chasseront jusque chez eux.
Une fois qu'ils y seront, ils retrouveront leur apparence."
Le roi voulut remercier Melric mais il fut vite entouré d'une foule de gens.
"Melric, répare ma chaise", dit une voix. Aussitôt, chacun lui demanda
de faire quelque chose. Tout redevenait comme avant, c'est du moins ce que
crurent les gens.

Melric leva la main pour demander le silence. "À l'avenir, vous vous
débrouillerez sans moi, dit-il. La magie doit être réservée à
certaines occasions bien particulières. Maintenant, vaquez à vos affaires,
parce que je vais être personnellement très occupé."

Chacun s'activa gaiement jusqu'au soir.
Et Melric ? Melric apprenait à faire son lit tout seul.